Yf 9044

RÉFLEXIONS

SUR LA

LIBERTÉ DES THÉATRES

SOUMISES

A MM. LES MEMBRES DE LA COMMISSION DRAMATIQUE,

PAR M. DORMEUIL,

RÉGISSEUR-GÉNÉRAL DU GYMNASE DRAMATIQUE.

Je consens qu'on dise de moi : Cet homme écrit mal,
il a fait un mauvais ouvrage, pourvu qu'on soit obligé
de dire : Cet homme a raison, cet homme écrit la vérité.
J. DE CHÉNIER.

PRIX : 1 FR.

Paris.

R. RIGA, LIBRAIRE,

FAUBOURG POISSONNIÈRE, N° 1.

HAUTCŒUR-MARTINET, LIBRAIRE,

RUE DU COQ SAINT-HONORÉ, N°ˢ 13 ET 15.

1830

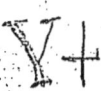

RÉFLEXIONS

SUR LA

LIBERTÉ DES THÉATRES.

LE Théâtre, soit qu'on le considère comme délassement, comme instruction, ou comme lieu d'assemblée, ne peut être une chose indifférente ; les hommes les moins éclairés, ceux qui ne lisent jamais, y prennent quelque teinture de la fable et de l'histoire, y puisent quelques préceptes de morale et de philosophie, y admirent le développement et la peinture de toutes les passions ; mais il ne saurait être considéré de la même manière dans un état libre et dans un état despotique.

Dans l'un, il ne doit être soumis qu'à des lois ; dans l'autre, à des règles arbitraires.

Tous les hommes ont-ils indistinctement le droit d'élever un Théâtre ?

Je ne conçois pas qu'un homme qui a lu notre charte, quelque pénétré qu'il soit de la rouille des préjugés, puisse être pour la négative ; voilà cependant une question sur laquelle la nouvelle commission nommée par le ministre de l'intérieur est appelée à donner son avis !

Par quelle étrange singularité se fait-il, qu'au

milieu de la révolution qui s'opère, la liberté trouve encore tant de résistance qu'il faille nous y pousser comme malgré nous ? Y a-t-il donc dans la coupe de la liberté quelqu'enchantement que les hommes redoutent, ou la crainte d'une chimérique ivresse retiendrait-elle la main de ceux même qui doivent leur présenter ce breuvage salutaire ?

Plusieurs brochures traitant *de la liberté des Théâtres* viennent de paraître, et ce n'est pas sans étonnement que j'ai vu les opinions partagées sur un principe aussi positif. Je n'entreprendrai certainement pas de controverser avec ces messieurs, mais j'invoquerai à mon aide des autorités qu'il sera difficile de réfuter.

Le 24 août 1790 les auteurs dramatiques présentèrent à l'assemblée nationale une adresse dans laquelle on remarque le passage suivant :

« L'égalité seule peut rétablir l'ordre, et *la
« seule concurrence* peut faire naître l'émulation.
« Nous croyons donc, messieurs, que deux choses
« peuvent assurer aux auteurs l'indépendance
« dont tout citoyen doit jouir dans l'exercice de
« ses talens; ces deux choses sont : 1° *La con-
« currence légalement établie* entre tous les co-
« médiens autorisés à jouer toutes les pièces des
« auteurs morts ou vivans ; 2° un réglément gé-
« néral pour tous les Théâtres rédigé par la mu-
« nicipalité. »

« C'est ainsi que vous étendrez sur les gens de
« lettres ce grand bienfait de la liberté dont vos
« décrets font jouir tous les autres citoyens. On
« doit en être d'autant plus jaloux que l'esprit
« civique rend plus incapable de supporter au-
« cune espèce d'asservissement. Il faut que la
« régénération du Théâtre date de la même
« époque que celle de la France entière. »

Ce discours prononcé par *La Harpe* porte les
signatures suivantes :

*J. Sedaine, Cailhava, Ducis, Lemierre, Fe-
nouillot, Laujon, Marie-Joseph Chenier, Mer-
cier, Palissot, Fabre d'Eglantine, André de
Murville, Forgeot, Vigée, Champfort,* etc., etc.

Mirabeau, répondant à l'abbé Maury, lors de la
discussion de la loi sur les Théâtres, s'exprime
ainsi :

« Quant à la seule chose qui ait pu nous pa-
« raître une objection, celle de *la licence* qui
« pourrait résulter de permettre à tout citoyen
« d'élever un Théâtre, il serait fort aisé d'en-
« chaîner toute espèce de liberté en exagérant
« toute espèce de danger, car il n'est point
« d'acte d'où la licence ne puisse résulter. La
« force publique est destinée à la réprimer et
« non à la prévenir aux dépens de la liberté. »

Robespierre va plus loin, « Rien ne doit por-
« ter atteinte à la liberté des Théâtres ; ce n'est
« pas assez que beaucoup de citoyens puissent en

« élever, il ne faut pas qu'ils soient soumis à
« une inspection particulière; la loi est le seul
« juge de ce qui est conforme au bien. »

M. Quatremère de Quincy. « Je ne sais com-
« ment qualifier ces principes en vertu desquels
« on veut nous persuader que les Théâtres ne
« doivent pas être une exploitation libre et com-
« mune à tous les citoyens. En vérité, quand le
« pontife d'Italie faisait donation à Charles Quint
« du nouveau monde, ou quand Chardin propo-
« sait à Louis XIV de se déclarer le propriétaire
« de tous les biens de son royaume, l'un et l'au-
« tre étaient moins voisins du ridicule. »

Lord Chesterfield, un des pairs d'Angleterre,
partageait les mêmes principes ; à l'occasion du
bill des Théâtres, il prononce un discours où l'on
remarque le passage suivant :

« Les entraves que l'on veut donner aux Théâ-
« tres sont des chaînes dont on chargerait la li-
« berté, le plus grand bien, le plus grand bon-
« heur dont un peuple puisse jouir. Mais il n'y
« a pas de bonheur sans mélange, et la licence
« est l'alliage de la liberté. C'est une tache sur
« l'œil du corps politique, il faut pour l'enlever
« une main sûre et habile; il vaudrait mieux
« encore laisser subsister la tache que de blesser
« l'œil. » (*Lord Chesterfield on the bill for licen-
sing and regulating the Theatre..*)

Voici je pense des opinions respectables et

clairement exprimées. Si, du jugement des hommes nous passons aux développemens du principe, il ne faudra pas être grand logicien pour en démontrer toute la justesse.

Tous les hommes sont égaux en droits.

Tout privilége exclusif ne saurait donc exister, puisqu'il priverait absolument tous les citoyens des droits qu'il attribuerait à un petit nombre de citoyens.

Tout ce qui peut nuire est défendu par la loi.

Le Théâtre ne saurait donc pas nuire, puisqu'il n'est pas défendu par la loi.

La liberté consiste à pouvoir faire tout ce qui n'est pas défendu par la loi.

Il est donc permis d'élever un Théâtre, puisque le Théâtre n'est pas défendu par la loi.

La loi ne saurait défendre à un citoyen ce qu'elle permet à un autre.

Si un seul homme peut élever un Théâtre, tous les autres hommes ont donc le même droit.

L'art de la comédie doit donc être libre comme tous les autres genres d'industrie. Ce talent, long-temps flétri par le préjugé, a enfin pris, au nom de la raison et de la loi, la place que doit occuper dans la société tout art utile. Qu'il soit permis à chacun de l'exercer et que seulement une surveillance bien entendue empêche des abus qui ne tiennent pas à l'exercice de l'art. Ce n'est que sous le règne des priviléges que l'on met des entraves à l'industrie de l'homme ; mais pour colorer cet abus d'autorité, on cherche de frivoles prétextes dans le perfectionnement de l'art, dans la conservation des mœurs.

Le perfectionnement de l'art tient à la concurrence ; elle excite l'ambition, elle développe les talens, elle entretient des idées de gloire, elle réunit l'intérêt à l'amour-propre et tourne au profit du public ces deux sentimens, qui, quand ils sont séparés, ne sont pas toujours assez vifs chez les hommes pour les exciter à de pénibles travaux.

La conservation des mœurs, appliquée aux Théâtres, n'est plus aujourd'hui qu'un vain mot. On sait que nos spectacles épurent les mœurs, donnent des leçons de civisme, qu'ils sont une école de patriotisme, de vertu, de tous ces sentimens affectueux qui font la liaison et le charme des familles, et qui, pour ne composer que des vertus privées, n'en sont pas moins les garans et les précurseurs des vertus publiques. C'est la concurrence, c'est la liberté seules qui pourront faire revivre le Théâtre en France. Mais nous perdrons à jamais l'espoir de trouver dans nos amusemens une grande école nationale, si les spectacles continuent à être le domaine des privilégiés et si l'imagination des auteurs reste soumise au despotisme des censeurs à gages.

Ces principes ne sauraient être contestés par

personne, mais ceux qui se montrent contraires à la liberté du Théâtre, prétendent que, dans ce cas, leur application est dangereuse.

L'application d'aucune loi ne peut être dangereuse, où la loi n'est pas bonne dans toutes ses parties; il faut alors que les chambres la refassent ou y ajoutent l'article qu'elles n'avaient pas prévu.

Ainsi, en s'attachant rigoureusement aux principes, il demeure démontré que tous les hommes étant égaux en droits, ont celui d'élever un Théâtre comme d'élever une boutique, d'exploiter une mine, d'établir une manufacture, etc. Il ne s'agit plus que de rédiger une bonne loi qui punisse les abus qui pourraient avoir lieu. Je conçois que cette loi est difficile à poser, mais elle est possible; faudrait-il se résoudre à regarder nos représentans comme des enfans lâches et paresseux qui n'aiment point l'esclavage, mais qui pourtant demeurent esclaves, par la raison qu'il faudrait se donner trop de peine pour être libres! partout où je prévois le délit, je peux prévoir la peine contre ce délit et par conséquent une loi qui détermine cette peine.

Attachons-nous cependant à réfuter les objections que l'on ne manqueront pas de faire les amis des privilèges :

1° *Les spectacles ne pouvant être très-nom-*

breux, la prohibition porte sur trop peu d'individus pour être nuisible à la société.

C'est la disposition même d'une loi qui fait qu'elle est juste ou injuste, et non le nombre plus ou moins grand des individus qu'elle concerne.

Si les spectacles sont nombreux, l'injustice des priviléges est plus grande. S'ils sont peu nombreux, ce n'est même pas la peine de commettre une injustice. Il est faux d'ailleurs que les priviléges portent sur peu d'individus, puisqu'un seul Théâtre procure l'existence à un grand nombre d'artistes et d'employés de toute espèce.

2° *En admettant la nécessité de la concurrence ne devrait-on pas se borner à l'érection d'un nombre déterminé de Théâtres?*

Qui prescrira, en matière de priviléges, quel est le terme où l'on doit s'arrêter; qui décidera entre les demandeurs, s'ils n'ont pas un droit égal à la concurrence?

La prudence du ministre.

Mais sa prudence, c'est sa volonté, et sa volonté ne doit plus être la loi.

3°. *Il serait dangereux de souffrir un trop grand nombre de Théâtres.*

Quel serait ce danger?

4°. *Paris serait bientôt rempli de Théâtres.*

Qu'importe?

5°. *Cette multiplicité de Théâtres entraînerait la ruine de l'art.*

Avancer que le grand nombre d'acteurs nuira aux progrès du Théâtre, c'est comme si on disait que le grand nombre des auteurs dramatiques est la cause de la décadence du Théâtre.

Je crois, au contraire, que ce sont les priviléges qui enfantent les désastres dont nos Théâtres sont aujourd'hui victimes. A qui les ministres les accordent-ils, en général? A des gens incapables (1), qui leur ont rendu quelques services, qu'ils ne savent comment récompenser, et qui sont entièrement étrangers à la carrière qu'ils veulent embrasser. Aussi ne tardent-ils pas à recueillir les fruits de leur présomption; à peine ouvert, leur Théâtre s'obère; ils empruntent pour se tirer d'affaire; bientôt leur crédit s'épuise, et ils n'ont plus d'autre ressource que de vendre leur privilége, sous la condition que le successeur se rendra responsable de toutes les charges. Le successeur accepte tout; au bout de quelques mois, il se trouve hors d'état de remplir des engagemens trop onéreux, il fait faillite, et voilà un Thèâtre qui aurait pu pros-

(1) Remarquez bien qu'ici je ne veux parler que des personnes qui originairement ont obtenu des priviléges et non de celles qui les exploitent aujourd'hui par suite de cessions ou d'arrangemens particuliers. Je me plais au contraire, à rendre toute la justice possible aux talens et à l'expérience de plusieurs de nos Directeurs actuels; entr'autres de MM. Delestre-Poirson, Guilbert de Pixerecourt, Crosnier, etc.

pérer en des mains habiles, obligé de fermer ses portes, parce qu'un protégé du ministre a voulu entreprendre un métier que tout le monde croit savoir, et qui cependant n'est connu que de très-peu de personnes.

Quand, au contraire, le Théâtre sera libre, les capitalistes ne confieront leurs fonds qu'à des personnes d'une capacité et d'une probité reconnues. Ils pèseront avec plus de soin les chances favorables et les dangers d'une entreprise de ce genre. La fortune des particuliers sera moins exposée, et l'art ne pourra que gagner à ce nouvel ordre de choses.

6o. *La multiplicité des Théâtres est dangereuse pour le peuple; elle corrompt les mœurs et favorise la paresse.*

Je conviens que si on trouvait un moyen de forcer tous les paresseux d'un royaume à travailler, l'État s'enrichirait du produit de leur industrie, et que la misère y serait moins grande; mais il est impossible de contraindre la nonchalance et la paresse à devenir actives et laborieuses. Il y a dans Paris une quantité d'individus que vous ne forcerez jamais à travailler le soir; ne vaut-il pas mieux qu'ils aillent aux spectacles que d'inonder les cafés, les billards, les cabarets, où ils dépensent souvent en une soirée le gain d'une semaine entière? Puisqu'il n'y a pas moyen de forcer la paresse au travail, il ne faut donc pas fermer les spectacles au peuple, mais tâcher qu'ils deviennent pour lui, sans qu'il s'en aperçoive, un lieu d'instruction publique : c'est la seule manière de les rendre utiles au lieu d'être dangereux. C'est ainsi que le peuple perdra cette grossièreté de langage qui existe encore dans les dernières classes.

Pourquoi le peuple d'Athènes, qui n'avait pas la faculté de lire puisque l'imprimerie n'existait pas, et que les copies de manuscrits coûtaient trop cher, était-il le peuple le plus poli et parlait-il un langage si épuré? C'est qu'il se formait aux Théâtres, où tous les citoyens, sans distinction, étaient admis.

Voilà pourquoi une marchande d'herbes d'Athènes reconnut à un seul mot que Théophraste était étranger.

La multiplicité des Théâtres ne saurait donc être dangereuse; mais je suppose qu'elle ait des inconvéniens, je pourrais répondre à ce raisonnement : La liberté des Théâtres est précisément ce qui en empêchera la multiplicité; ils pourront se multiplier de droit, mais par le fait, le nombre en sera toujours borné.

L'érection d'un Théâtre exige un emplacement, une salle, des magasins, des acteurs, des employés. Les nouveaux réglemens de police concernant l'isolement de ces établissemens, en rendront les dépenses plus considérables encore;

et quand les priviléges n'existeront plus , il n'y aura qu'un espoir presque assuré de réussir, qui pourra encourager de pareilles entreprises. On verra d'abord une lutte d'efforts et de succès , mais l'avantage demeurera aux gens capables , aux administrateurs éclairés , et non aux privilégiés inhabiles; en un mot, les suffrages seuls du public , et non le caprice des ministres, fixera les places.

7°. *Mais ces efforts impuissans entraîneront la ruine de quelques particuliers, et le gouvernement doit veiller en père sur les propriétés de chacun, comme sur leur vie.*

Sans doute un bon gouvernement doit avoir des lois générales qui protègent les propriétés et les défendent de la fraude et de l'injustice , mais cette prévoyance si utile, si nécessaire, deviendrait la plus accablante des tyrannies si elle rendait les magistrats juges des spéculations particulières. Défendre à des citoyens d'élever un Théâtre, sous prétexte que cette entreprise les ruinera, serait une action aussi ridicule que d'empêcher un spéculateur d'un autre genre d'exploiter une mine, sous prétexte que le filon qu'il veut travailler n'est pas aussi riche qu'il le pense et ne l'indemnisera pas de ses frais.

8°. *Chacun peut disposer à son gré de sa fortune, mais doit-il entraîner les autres dans sa ruine?*

Personne n'est forcé de s'associer à la spéculation d'une autre ; s'il y prend part, c'est qu'il a dans l'entrepreneur une confiance convenable et qu'il pense s'enrichir avec lui : il agit donc de son propre mouvement. Des lois qui empêcheraient les associations, les contrats, jusqu'à ce que les magistrats s'en fussent rendus juges, frapperaient d'inertie le commerce et l'industrie. On se plaint à Paris que les arts languissent, que les ouvriers sont sans occupation, et l'on conserverait des priviléges ! Laissez chacun s'ingénier, projeter, se ruiner même, que vous importe ? Les hommes vous doivent-ils compte de leurs spéculations ? S'ils se trompent, ils ne vous reprocheront pas au moins que vous les avez forcés à l'inertie, que vous leur avez ôté toute occasion de donner l'essor à leur génie, et que vous avez concentré le droit qu'a tout citoyen de travailler comme il lui plaît, partout où bon lui semble.

9°. *Mais ne devra-t-on pas, au moins, exiger des nouveaux directeurs des cautionnemens considérables ?*

Cette proposition est une escobarderie des plus perfides, des plus criminelles ; elle est indigne des membres de la commission dramatique auxquels on cherche à l'attribuer, et je garantis qu'ils n'y auront pas recours.

Ou la concurrence est nuisible, et il faut conserver les priviléges ; ou l'on est d'accord sur ses bienfaits, et alors on doit tout mettre en œuvre pour l'étendre, pour la protéger et non pour lui forger de nouvelles chaînes.

On ne peut aujourd'hui élever un théâtre sans dépenser au moins 1,500,000 fr. : si vous exigez en outre, des entrepreneurs, un cautionnenement de 4 ou 500,000 fr., il vaut mieux dire tout bonnement: *Vous réclamez la liberté, nous ne vous la donnerons pas.* Vous aurez au moins le mérite de la franchise.

Mais admettons pour un instant l'équité de ce principe, et voyons où il nous conduira. En imposant un cautionnement aux nouveaux directeurs, sans doute, votre loi, comme celle des journaux, atteindra, non seulement les établissemens à former, mais ceux qui existent aujourd'hui; la justice, le bon sens l'exigent, et deux mots suffiront pour s'en convaincre :

Les cautionnemens seront exigés ;

Ou, pour indemniser les personnes trop confiantes, dont les nouveaux Théâtres pourraient compromettre l'existence ?

Ou, le gouvernement les regardera comme la garantie des amendes que prononceront les tribunaux, par suite de l'abolition de la censure?

Dans le premier cas, les Théâtres existans n'auront aucun moyen de se soustraire à la loi du cautionnement, puisqu'ils ont presque tous fait faillite, et que, plusieurs fois, les intérêts de leurs pensionnaires ont été gravement compromis. Le Cirque, l'Ambigu-Comique, la Porte-Saint-Martin, l'Odéon, l'Opéra-Comique ne démentiront pas ce que j'avance. Quant au Vaudeville, aux Variétés et aux Nouveautés, ces trois Théâtres ont été plusieurs fois à deux doigts de leur perte; il serait donc par trop absurde de se prémunir contre des infortunes imaginaires, et de rester indifférens devant celles qui sont imminentes.

Si, au contraire, on n'exige des cautionnemens que comme garantie aux yeux des tribunaux, cette mesure devra nécessairement atteindre tous les établissemens qui représentent des ouvrages dramatiques.

Il résultera donc de cette belle idée, qu'aucun Théâtre nouveau ne s'élevera, et que plusieurs de ceux qui existent aujourd'hui, dans l'impuissance de verser un cautionnement considérable, seront obligés de fermer.

Voilà comment quelques personnes entendent aujourd'hui la liberté des Théâtres! voilà les mesures que l'on tente de faire adopter à la commission dramatique, et dont je crois avoir avoir démontré tout le ridicule.

10°. *La plupart des personnes dirigeant aujourd'hui des théâtres ont acheté fort cher leurs priviléges, et à ce titre, si la liberté est proclamée, elles auront droit à réclamer une indemnité.*

Les priviléges ont toujours été donnés gratis, le gouvernement n'en a jamais trafiqué ; il n'est donc tenu envers personne à aucune indemnité. A la vérité, des personnes spéculant sur le nombre limité des théâtres, ont acheté des priviléges qu'on n'aurait jamais dû pouvoir vendre : tant pis pour elles. Elles ont agi à leurs risques et périls ; le ministère n'était point convenu de ne délivrer qu'un nombre déterminé de priviléges, il pouvait en accorder cent, si bon lui avait semblé. Les directeurs actuels se trouvent donc aujourd'hui dans la position d'un marchand auprès duquel un autre vient ouvrir une boutique, et qui ne peut s'en prendre à personne du tort que lui cause son concurrent.

11°. *La liberté des théâtres n'intéresse que les gens de lettres.*

Cette proposition est fausse. Le théâtre est un moyen d'instruction publique ; par conséquent, il intéresse la nation entière.

12°. *Mais les gens de lettres seuls feront des réclamations sur ce point.*

Quand cela serait vrai, n'est-ce pas à ceux qui sont lésés par une injustice qu'il appartient de réclamer contre elle ? Faudra-t-il ne point écouter un homme qui crie à l'oppression ? faudra-t-il négliger ses plaintes, précisément parce qu'il est opprimé ? Voilà sans doute une singulière logique. D'ailleurs, les gens de lettres n'ont-ils pas le droit de réclamer pour eux-mêmes, après avoir réclamé pour tant de monde, après avoir tonné continuellement contre tous les abus qui abâtardissent la nation et dégradent l'espèce humaine ?

13°. *Les prétentions des acteurs, que l'on paie déjà au poids de l'or, deviendront impossibles à satisfaire quand la concurrence existera.*

La concurrence produira l'effet tout contraire. Les nouveaux directeurs sentiront que ce qui compromet leurs collègues, c'est l'acharnement qu'ils mettent à s'arracher l'un à l'autre les artistes qui ont quelque réputation. A l'exemple de la nouvelle administration de la Porte-St.-Martin, ils spéculeront sur des études suivies, sur un ensemble agréable, sur des économies bien entendues, et non sur un système d'embauchage qui ne peut qu'amener la ruine de ceux qui y ont recours.

Les artistes trouveront dans ces nouveaux établissemens plus de sécurité et des garanties plus solides pour l'avenir. Ils n'auront pas, lors de leurs débuts, cette effrayante responsabilité qui leur causera bientôt des dégoûts de toute nature, s'ils n'ont pas le bonheur de réussir au gré de gens qui ont fondé sur eux leur espoir de fortune. Aujourd'hui, le goût du public est blasé. Les directeurs qui ne sont pour la plupart que des spéculateurs, et auxquels l'art est aussi indifférent qu'à leurs machinistes, ne songent à faire briller un acteur que pour un moment ; ils le regardent comme un objet de mode, que la mode nouvelle va détruire, et qu'il faudra remplacer par un autre à la saison prochaine. Aussi ne se font-ils aucun scrupule de briser le lendemain le piédestal qu'ils lui avaient élevé la veille, et de l'amener par tous les moyens possibles à la résiliation d'un engagement qu'ils regardent comme onéreux. Les artistes préféreront en conséquence assurer leur tranquillité par quelques sacrifices pécuniaires, que de faire le tour des Théâtres de Paris, sans pouvoir se fixer dans aucun.

14°. *Les subventions accordées aux Théâtres royaux prouvent évidemment la sollicitude du gouvernement pour la conservation de l'art théâtrale ; ne vaut-il donc pas mieux laisser les Théâtres dans les mains de leurs protecteurs naturels, que de consacrer l'abolition des priviléges ?*

Les subventions, loin de contribuer à la prospérité de l'art dramatique, n'ont servi, au contraire, qu'à hâter sa ruine. Je ne parle pas de celles accordées à l'Opéra, puisque cet établissement est au compte de la Liste civile, qui en touche les recettes et en dirige elle-même les dépenses ; mais aux *Français* et à l'*Opéra-Comique*, par exemple, la répartition que l'on fait des deniers de l'État est vraiment honteuse, et aurait dû depuis long-temps éveiller l'attention de l'autorité. Au moment où les 200,000 fr. alloués aux comédiens royaux viennent enrichir leur caisse, chacun intrigue, s'évertue ; courtisans subalternes, ces messieurs ne sont plus occupés que d'obtenir la faveur des distributeurs de grâces. Si l'intrigue ne réussit pas, et que l'on soit au moment de créer quelque rôle important dans un ouvrage nouveau, on déclare qu'on ne peut suffire à l'excès du travail et de la fatigue; on fait entrevoir que l'on pourrait bien envoyer sa démission et renoncer entièrement au Théâtre. Enfin le grand jour du partage arrive, les sociétaires s'assemblent et les 200,000 fr. sont bientôt répartis entre les quatre ou cinq plus influens. Les autres, jouets perpétuels des manéges de coulisses, indignés de la morgue et de l'air suffisant de leurs camarades, se plaignent, se fâchent, protestent et crient à l'injustice ; on ne les écoute pas ; huit jours après, tout a repris son cours accoutumé. Les sociétaires subventionnés, *dans l'intérêt de l'art*, entravent comme par le passé le répertoire; non-seulement ils refusent leurs rôles, mais ils ne veulent pas même les laisser jouer à leurs camarades. Les recettes deviennent nulles, le crédit s'épuise et les heureux sociétaires attendent, dans un doux repos, la répartition des 200,000 fr. de l'année suivante.

Si, au contraire, le gouvernement s'intéressait à la prospérité des Théâtres, n'aurait-il pas un moyen bien facile de faire tourner véritablement au profit de l'art les 5 ou 600,000 fr. dont il gratifie les établissemens royaux. Le ministre ne pourrait-il, par exemple, nommer une commission qui lui rendît compte, à la fin de l'année, des travaux de tous les Théâtres et des efforts que chacun aurait faits pour se rendre digne des suffrages du public et de la sollicitude du gouvernement. D'après l'avis de cette commission, ne serait-il pas alors en mesure de faire par lui-même une répartition plus juste et mieux entendue des sommes qu'il prodigue aveuglément aujourd'hui. Ces récompenses, qui pourraient s'étendre aux directeurs, auteurs, compositeurs, acteurs et peintres décorateurs, dont la quotité varierait nécessairement, tous les ans, en raison du travail de chacun, et qui pourraient être décernées *en concours publics*, exciteraient d'une manière bien puissante le zèle et les talens des différens artistes; une noble émulation enflammerait tous les esprits, et notre siècle enfanterait bientôt de nouveaux chefs-d'œuvre.

15o. *Mais les ouvrages de Molière, de Corneille, de Racine, qui, en dépit de la nouvelle école, font l'orgueil de notre scène, ne seront plus représentés, puisqu'ils ne jouissent plus du*

*privilège d'attirer la foule et de procurer des re-
cettes aux directeurs.*

Les chefs-d'œuvre de la scène française seront, au contraire, représentés par l'élite des
artistes, car la crainte de perdre leurs droits à
la subvention et de ne pas être mentionnés ho-
norablement au concours général, leur fera
comprendre que le meilleur moyen d'obtenir
tous les suffrages sera toujours de prêter l'appui
de leurs talens aux productions de nos grands
maîtres, que le public délaisse aujourd'hui
parce qu'ils sont abandonnés aux derniers emplois.

Je ne terminerai point cette série d'objections
sans chercher à réfuter la plus importante de
toutes, celle qu'on pourrait vulgairement appe-
ler *le grand cheval de bataille* des ennemis de la
liberté des Théâtres.

16. *Les spectacles qui ne présentent au premier
coup-d'œil qu'un objet d'amusement se lient cependant, sous bien des rapports, à la chose commune ; à ce titre, ce n'est plus un bien dont chacun peut abuser, mais une propriété commune
aux citoyens réunis. Le gouvernement doit donc
en être le gardien, et sa sagesse doit restreindre
dans de justes bornes l'usage qu'on en peut faire
pour prévenir les abus et empêcher la confusion
par qui tout se détruit.*

Qu'est-ce qu'un spectacle chez les peuples modernes? ce n'est pas un établissement public, c'est, au contraire, un établissement particulier où des particuliers, à leurs risques et périls, mettent en commun leur industrie, leur argent pour amuser ceux qui veulent payer ce genre d'amusement, et qui font avec le public le pacte que fait tout marchand ou tout entrepreneur.

De vastes et superbes monumens, enrichis de ce que l'art et la matière offrent de plus précieux, capables de contenir jusqu'à cinquante mille spectateurs, construits aux dépens du trésor public, ouverts en tous temps aux assemblées du peuple, et toujours gratuitement, dans les temps des jeux et des spectacles, où les poètes disputaient devant des juges nommés par le peuple la couronne du génie et souvent celle de la vertu; des spectacles liés aux cérémonies du culte, aux intérêts de la politique; de tels spectacles, dis-je, étaient vraiment des établissemens publics qui appartenaient à tous, qui étaient payés par tous et pour le plaisir de tous.

Maintenant, comparez-moi vos dix ou douze spectacles qui renferment à eux tous moins de spectateurs que le plus petit théâtre de Rome ou d'Athènes, donnez-moi le nom pompeux d'établissement public à ces entreprises mercantiles, à ces manufactures d'amusemens dont le propriétaire calcule ses plaisirs avec ses intérêts; revêtez-moi de ce grand titre le Théâtre de Bobineau, jusqu'à la ménagerie de M. Martin, j'espère au moins que ce ne sera pas par orgueil que vous aurez fait une semblable méprise.

Sont-ce des établissemens publics, parce qu'ils sont consacrés au public ? Alors les cafés, les billards, les jeux de paume, les loges des francmaçons sont donc aussi des établissemens publics.

Est-ce parce que le public y paie son entrée? Cela seul prouve qu'ils ne sont pas des établissemens publics.

Est-ce parce que les spectacles ont sur le goût et la morale du peuple une influence certaine ? Mais cet effet ne constitue pas la propriété du public sur les spectacles. L'air qu'on respire a bien aussi une influences certaine sur le peuple ; faut-il aussi s'en déclarer propriétaire et vendre le droit de le respirer comme le firent les derniers empereurs romains? Le droit que vous avez sur les spectacles comme sur l'air est de les rendre purs, salubres et bienfaisans.

Terminons donc cette discussion. La liberté des Théâtres est une liberté, et la violation d'une seule liberté conduit nécessairement à la perte de toute liberté. Malheur au pays où les magistrats sont législateurs, et ils le sont partout où leur opinion particulière peut décider.

Examinons maintenantla situation des Théâtres de province, avant et depuis l'établissement des priviléges, et voyons quels sont les avantages qui en sont résultés.

Je ne crois pouvoir mieux traiter cette question qu'en ayant recours à l'opinion de M. Singier, que je trouve consignée dans une brochure que cet habile administrateur a publiée à Nîmes en 1818.

DES THÉATRES DE PROVINCE.

Avant l'établissement des priviléges, lorsque les entreprises théâtrales étaient libres et indépendantes, la direction des spectacles des villes de la province était confiée à des entrepreneurs ou à des réunions d'acteurs, qui ne s'en chargeaient volontairement que lorsqu'ils avaient connaissance des frais et des ressources qui devaient fixer le sort de leurs opérations.

Les autorités et le public, moins difficiles et plus indulgens qu'aujourd'hui, n'exigeaient qu'une troupe *relative* et telle que la localité pouvait l'admettre et la soutenir.

Lorsque les recettes ne suffisaient pas aux dépenses, l'on ne contraignait pas le directeur *à se ruiner là*, sans bouger de place; il n'était pas circonscrit dans des limites défavorables; il parcourait, au besoin, différentes villes et se fixait dans celle qui lui offrait les moyens de faire honneur à ses affaires.

Cette faculté rendait le public moins exigeant dans ses prétentions; il se plaisait au contraire à favoriser un directeur, à encourager les artistes; on ne faisait pas du parterre une promenade et de la salle une bourse; on daignait écouter le spectacle, et chacun le fréquentait avec plaisir.

Les propriétaires des salles étaient accommodans et n'abusaient pas de la nécessité où l'on pouvait être de se servir de leur propriété, parce qu'à la rigueur rien ne contraignait impérativement d'occuper leur salle plutôt qu'une autre.

Une troupe était complète avec douze ou quatorze acteurs, dont les appointemens raisonnables ne produisaient pas, en totalité, plus de 3 à 4,000 fr. par mois.

L'on ne connaissait pas le système des abonnemens au moyen duquel la classe la plus opulente et la plus nécessaire au soutien de l'art théâtral est parvenue à faire réduire, *pour elle seule*, le prix d'entrée au spectacle, au même taux qu'à celui des barraques de marionnettes et des escamoteurs de place.

On se contentait de trois représentations par semaine dans les grandes villes, ce qui diminuait les frais et laissait aux acteurs le temps de soigner leurs pièces, d'en augmenter les répétitions et de leur donner tout le charme d'un ensemble agréable.

Les excessifs droits d'auteurs n'existaient pas, non plus que les patentes, le timbre des affiches, etc., etc.

Les garnisons étaient abonnées à un taux bien plus élevé, et MM. les officiers *n'ordonnaient* pas qu'on abonnât aussi leurs femmes.

On n'exigeait des entrepreneurs ni entrées ni loges gratuites.

Malgré tous ces avantages, ces entreprises avaient de la peine à se soutenir, et sous prétexte de venir à leurs secours, on a créé les priviléges pour les directeurs et l'on a déterminé une circonscription par arrondissement pour les troupes non-sédentaires.

Voyons si l'on a réussi et comparons maintenant la situation et les ressources des directeurs *privilégiés* avec les avantages et l'indépendance des anciens entrepreneurs.

La nouvelle organisation a d'abord entraîné le renvoi de plusieurs directeurs qui avaient de l'expérience et que le bon plaisir a remplacés par des personnes qui, pour la plupart, n'avaient aucune idée d'une administration théâtrale et encore moins des localités qui leur étaient étrangères.

La preuve en existe encore, car plusieurs de nos villes secondaires et même dans nos grandes villes ont pour directeurs des marchands de drap, des épiciers, des chapeliers et jusqu'à des femmes.

On a formé des arrondissemens de Théâtre, composés de grandes et de petites villes qu'une même troupe doit parcourir à des époques fixes et déterminées. Si la troupe est forte, elle ne peut pas se soutenir avec le peu de ressources d'une petite ville ; si la troupe est petite, elle ne convient plus à la grande ville. Celle-ci veut le spectacle pendant l'hiver ; l'autre n'en veut pas en été ; de sorte que, soit par la composition de sa troupe, soit par l'époque, le lieu et la durée de son exploitation, le directeur a pour ainsi dire six mois de non-valeur par chaque année, sans pour cela avoir pu parvenir à contenter le public ; et souvent, lorsqu'il a acquis, par de grands sacrifices, une expérience utile, son privilége expire, il se voit au moment d'être dépossédé ou d'accepter un nouveau privilége dans une ville éloignée, où il va se trouver aussi déplacé que son successeur le sera dans la sienne.

Enfin, que l'entreprise soit bonne ou mauvaise, il faut qu'il l'exploite à ses risques et périls. Les charges et les devoirs sont pour lui partout les mêmes, il n'y que les avantages et les ressources qui varient suivant les localités, et dont on ne peut réellement profiter qu'après une longue expérience.

De là dérivent naturellement les prétentions les plus extraordinaires. On exige, dans les plus petites villes, la réunion de tous les genres de spectacles; on ne trouve rien de bon ; on se plaint du peu d'ensemble du répertoire, et quand, par un travail suivi et bien dirigé, cet ensemble et ce répertoire sont devenus satisfaisans, il faut renouveler entièrement la troupe. On veut de nouvelles figures, mais comme la figure ne fait pas le talent, on regrette souvent le lendemain les sujets dont la veille on a exigé le changement; on réclame des doubles emplois inutiles, et lorsqu'enfin on a satisfait à toutes ces demandes, à tous ces caprices, que l'on nomme *obligations du privilégié*, on ne peut même pas compter sur la protection et le concours des autorités. Si dans quelques villes on vous alloue une légère subvention, qui n'est jamais en harmonie avec l'exigeance des habitans, on s'arrange pour vous la faire payer, en se réservant 1° deux loges pour la mairie ; 2° une loge pour le commissaire central ; 3° une loge pour le commissaire de police de service; 4° une loge pour le commissaire qui n'est pas de service; 5° une loge pour le secrétaire-général de la mairie, etc., etc. Si, dans quelque circonstance, vous avez besoin de l'appui des magistrats, il vous est impitoyablement refusé. J'en ai eu moi-même une preuve bien frappante : au mois de juillet dernier, le Gymnase Dramatique se rendit à Lille pour y donner quelques représentations pendant les réparations de sa salle. On y fit des recettes peu brillantes, quoique le spectacle fît en général grand plaisir. J'en témoignais un jour mon étonnement à M. le comte de Muyssart, alors maire de la ville de Lille ; je ne pouvais m'expliquer l'indifférence de ses administrés. « Elle est toute simple, me « répondit M. le maire, la population de Lille « est considérable; en effet, mais la moitié de « ses habitans est à la mendicité, et ne peut, « par conséquent, aller au spectacle. » Je fis part de cette réponse à mes camarades, et nous décidâmes à l'unanimité, malgré le mauvais état de nos recettes, de ne point quitter Lille sans offrir une représentation au bénéfice des pauvres. M. le maire accepta notre offre, nous en remercia par une belle lettre; mais comme il importait de rendre cette représentation fructueuse, et que le moral des Lillois est difficile à attaquer, je me rendis chez M. de Muyssart, et le priai d'employer toute son influence pour que cette bonne œuvre ne fût pas sans résultat; entr'autres moyens, je lui proposai d'écrire une lettre officielle aux dames qui dirigent le bureau de charité pour les inviter à ranimer, en cette occasion, le zèle des personnes bienfaisantes. « Vous n'y pensez pas, monsieur, me répondit-il, *si l'on pouvait se douter que je donnasse, même indirectement, le conseil d'aller au spectacle, on ne me le pardonnerait jamais.* » Il tint parole; dans la crainte de se compromettre, je lui dois rendre la justice qu'il ne fit pas la plus petite démarche. Les comédiens en firent pour lui, la recette fut assez fructueuse, et le lendemain on vanta partout la sollicitude de M. le maire, et son empressement à secourir l'infortune.

Ces tribulations ne sont pas les seules que le système des priviléges fait peser sur les Théâtres de province; les propriétaires des salles sachant que l'itinéraire du directeur les met dans l'obligation d'occuper leur Théâtre à des époques déterminées, ne manquent pas de les rançonner impitoyablement. Outre le prix excessif du loyer, ils se réservent des loges, des vingt ou trente entrées particulières; ils font, ainsi que quelques receveurs du droit des auteurs, vendre leurs billets publiquement; ils abonnent même, de leur autorité privée, au rabais des prix établis par le directeur, qui réclame contre ces horribles vexations, mais à qui l'on répond : « C'est notre pro- « priété, nous sommes libres d'en disposer à « notre gré; laissez notre salle, si les prix ne « conviennent pas. » Les directeurs paient, se ruinent, et on les accuse de s'enrichir aux dépens des petites-filles de Racine et de Corneille.

Les énormes prétentions qu'ont fait naître les priviléges n'ont pas manqué d'éveiller celles des artistes; ils les ont tellement élevées que les seconds emplois sont parvenus à obtenir presque les mêmes émolumens que les premiers d'autrefois, et que ceux-ci se trouvent avoir doublé les leurs.

A toutes ces charges, il faut en joindre de plus fortes encore qu'on ne connaissait pas avant les priviléges ; ce sont les patentes, le timbre des affiches, et surtout les droits des auteurs, que la recette brute du jour ne suffit quelquefois pas pour acquitter. Vient ensuite l'abonnement des des garnisons pour un jour de solde, ce qui n'équivaut pas à la moitié des anciennes conditions ; enfin les loges pour le gouverneur, pour le commandant de place, pour le lieutenant de Roi, pour les officiers supérieurs, toutes obligations et impositions forcées, inconnues avant la création des priviléges, et l'on pourra comparer la situation de nos Théâtres actuels avec ce qu'ils étaient jadis.

Si, autrefois, ces entreprises avaient de la peine à se soutenir avant d'être écrasées par une série de frais, de charges, de désagrémens de toute espèce, comment est-il possible qu'il s'en soit trouvé une qui ait pu résister? Hâtons-nous donc de rendre la liberté aux Théâtres de province, et avant peu, nous applaudirons aux résultats avantageux de cette mesure.

Il ne me reste plus maintenant qu'à parler de l'abolition de la censure, et, à cet égard, mes réflexions seront fort courtes ; il appartient à des plumes éloquentes de traiter à fond cette matière; moi je n'invoquerai que le droit naturel : il suffira pour démasquer ces honnêtes gens qui, à l'aide de la censure, voudraient se conserver un petit coin de tyrannie.

DE L'ABOLITION DE LA CENSURE.

Tout homme a le droit de publier sa pensée, sauf à subir une peine déterminée par la loi. Du moment que nous l'empêchons de publier sa pensée, nous le dépouillons d'un droit : or, dépouiller un homme d'un droit, c'est le punir. Ainsi nous punissons un homme avant qu'il soit coupable, le tout pour ne pas le punir. Mais, dira-t-on, il vaut mieux prévenir les délits que de les punir. Avec ce beau principe, on nous ôterait la liberté de la presse, et on nous rendrait les lettres de de cachet. On nous gratifierait d'une inquisition religieuse et d'une inquisition d'état. En un mot, pour n'avoir point de délits à punir, on ravirait à l'humanité ses droits imprescriptibles.

La liberté des Théâtres mérite une toute autre considération que la liberté de la presse. Des trois manières de publier sa pensée, la parole, l'écriture et l'impression, certainement la première est celle dont les effets sont les plus importans. D'après cela, établira-t-on une censure pour les tribunaux ? Établira-t-on une censure pour la chaire, dont les effets sont encore plus

populaires que ceux du Théâtre? Le malheureux
qui manque de pain ne donnera pas trois francs
pour écouter une tragédie, il entendra le sermon
gratis. Faut-il une censure pour les sermons?
L'homme qui parle dans la rue peut enflam-
mer le peuple par ses discours; ne pourra-t-on
parler dans la rue sans consulter un censeur?
Ah! laissons de misérables objections dictées par
quelques intérêts particuliers ou par l'habitude
de l'esclavage!

Une vue courte aperçoit aisément les inconvéniens de la liberté de publier sa pensée, une
vue étendue découvre le remède dans cette liberté même assujétie à *des lois*. La raison nous
a donné la liberté de la presse, la raison nous
donnera la liberté de la censure; c'est une révolution inévitable. Remarquons d'ailleurs que la
liberté du Théâtre a un grand inconvénient de
moins que la liberté de la presse, c'est que nul
ne peut échapper à la loi. Il est possible de faire
imprimer un livre sans nom d'auteur, ni d'im-
primeur, ni de libraire; mais en fait de pièces
de Théâtre, l'auteur peut être forcé de se nommer; c'est *à la loi* de l'ordonner, c'est aux directeurs à ne point se charger d'une pièce ano-
nyme. Croyez-vous après cela qu'il y ait beaucoup de délits? Croyez-vous qu'on affronte un
châtiment certain?

A la vérité, plusieurs ouvrages remarquables

ont honoré notre siècle, en dépit de la censure ; il s'est échappé plusieurs pièces qui présentent toute la raison embellie des charmes de notre poésie; l'auteur des *Deux Gendres* et de *l'Intrigante*, celui de *l'École des Vieillards*, du *Paria*, des *Vêpres Siciliennes* méritent toute notre admiration. Mais qu'en faut-il conclure, sinon que le génie rompt quelquefois les digues que les institutions les plus barbares lui opposent. Il a fallu tout l'ascendant que Voltaire avait pris sur le peuple pour obtenir qu'on jouât plusieurs de ses pièces, où son génie, traversant un siècle, atteignait la révolution actuelle, et semblait la prédire et l'accélérer.

Affranchissons-nous de ce servage avilissant pour les arts; plaçons-nous sous l'égide *de la loi*; n'ayons plus recours au bon plaisir de ces fonctionnaires qui nous jugent d'après *leurs opinions*. Quoi! toujours des hommes! toujours des opinions et jamais *des lois!* C'est dans *la loi* qu'est la règle; la liberté consiste à ne dépendre que *des lois*.

DORMEUIL.

IMPRIMERIE DE DAVID, boulevard Poissonnière, n. 6.

www.ingramcontent.com/pod-product-compliance
Lightning Source LLC
Chambersburg PA
CBHW060900180626
46818CB00004B/1794